가을
하늘처럼

안병현 시집

가을
하늘처럼

밥북

시는 우리의 정신과 영혼을 맑게 하는 문학입니다.
그런 점에서 높고 푸르른 가을 하늘과 무척 닮아 있습니다.
첫 시집의 이름을 '가을 하늘'로 정한 것은 아무리 혼탁한
세상이지만 그에 맞서 높은 이상과 순수함을 시를 통해 표
현하고자 하는 저의 바람 때문입니다.

어지러운 세상사
오리무중의 정치판
숨 막히는 생존경쟁 속에서
상처받고 소외당한 분들이라면

가을 하늘을 한 번 올려다보십시오.
티끌 하나 없는 푸른 하늘에
헝클어지고 더럽혀진 마음을 맡겨 놓으신다면
그 마음은 어느새 깨끗하게 변하게 될 것입니다.

가을 하늘이여!
언제부터인가 말이 통하지 않고
상식이 무용지물이 된 사회
깨끗하고 투명하게 정화시키소서!

가을 하늘처럼

불의, 거짓, 욕심 따위의 단어가 사라지고
정의, 순수, 배려 같은 단어가 빛을 발하게
그러면 이 세상도 제법 살 만한 세상이 되겠죠.

저는 모든 로맨티시스트들과 함께
그날이 오기를 학수고대하면서
오늘도 푸른 가을 하늘을 우러러봅니다.
눈이 시리도록 한없이…

2023
안병현

목차

제3부 꿈을 꾸는 구름

제4부 아카시아 사랑

제1부

바닷가에는

풀꽃

햇빛이 소리 없이
쓰러지는 저녁 무렵
길가의 풀꽃은
바람마저 잠들어 버린
대기 속에서 침묵을 지켜야 한다
남에게 나누어 줄
향기조차 없음을 슬퍼하며
고독한 밤을 맞아야 한다

어둠을 밝히는 희미한 가로등은
나 자신을
더욱 초라하게 하는 것 같아 싫어
그래도…
조그만 웃음이라도 지을 수 있었던
한낮의 햇빛이 좋았다
춤출 수 있었던 바람이 좋았다

나를 향했던 시선들이 그리워
다시 아침을 기다리며 몸서리치는
나를 아무도 알지 못하지
무겁게 내려앉은 어둠 때문에…

우얏고

느닷없는 한 줄기 바람에
소스라친 그대에게
우얏고!
속살 같은 내 마음 들키뻐고 말았네

여린 잎사귀 연신
어루만지는 봄 햇살같이
수풀을 함초롬히
적시는 밤이슬처럼
그대 고이 잠든 얼굴
비추오는 달빛같이
그대 모르게
그대를 그리워하였노라

그런데 느닷없는 한 줄기 바람에
소스라친 그대에게
우얏고!
속살 같은
내 마음 들키뻐고 말았네

외길 사랑

나 처음 당신을 알았을 때
우리 사랑 믿지 못하고
언젠가는 끝나리라 생각했었네

하지만 우리 사랑
하늘이 맺어준 사랑이었기에
우리 사랑 날이 갈수록
바다처럼 깊어 갔고
하늘처럼 높아만 갔다네

이 세상 사랑의 길은 수 갈래 길
아름답고 신비한 길도 많지만
당신과 내가 통하는 길은
오직 외길 하나뿐

그 길이 비록 멀고 험해도
그 길 외길을 따라
오늘도 내 사랑하는 마음
당신께 전하렵니다

도둑놈

온 세상 떠돌아다니다
그녀의 모습이 보고 싶으면
그녀 모습 슬쩍해서
주머니에 넣어두고
보고 싶을 때마다 꺼내 보고

길 가다 시선 끄는
와아~ 예쁜 꽃도 슬쩍
피부를 간질이는
야아~ 부드러운 바람도 슬쩍
바다에 빠져 허우적대는
아악~ 홍시 같은 석양도 슬쩍
무수히 떨어지는
카아~ 별빛도 슬쩍
그녀가 꾸는
휴우~ 아름다운 꿈도 슬쩍

온 세상 떠돌아다니다
그녀의 생각이 궁금해지면
그녀 생각 슬쩍해서 주머니에 감춰두고
알고 싶을 때마다 꺼내 보고

이처럼 원하는 것은 뭐든지
슬쩍할 수 있는
내가 그런 도둑놈이라면
얼마나 좋을까 좋을까…

바닷가에는

마음이 고통받는 자들이여
바닷가로 오라
끊임없이 밀려오는 파도
철썩이는 파도 소리가
그대의 모든 고통을
휩쓸어갈 것이다

마음이 가난한 자들이여
바닷가로 오라
수없이 많은 모래알
햇빛에 반짝이는 모래알들이
모두가 보석이 아니고 무엇이겠는가?
그대를 금방 부자로 만들어 줄 것이다

마음이 외로운 자들이여
바닷가로 오라
솔솔 불어오는 바람
부드러운 바닷바람이
그대를 위로해줄 것이다
사랑하는 사람과 손을 잡게 해줄 것이다

가을 하늘처럼

이처럼 바닷가에는
우리의 고통 가난 외로움을 달래어줄
파도 모래알 바람이 있다
바닷가로 오라

고향 다녀오는 길

즐거운 추석 연휴 삽시간에 가버리고
서운한 마음으로 고향 집 나설 때
어머니의 작은 꽃밭에는 보람처럼
봉선화 채송화 올망졸망 피어있고
우물가 늙은 감나무에서는 그리움처럼
아버지 좋아하시던 홍시가 익어가고 있었다
갖은 양념거리 보자기 보자기에
꾹꾹 눌러 챙겨 주시는 어머니의 정성은
푸른 가을 하늘보다 더 높고 거룩하더라
거칠은 손으로 잡은 자식의 두 손
놓을 줄 모르시던 노모 눈시울 붉히셨네
며느리 어깨 툭툭 치고는
손주 녀석들 머리 부지런히 쓰다듬으며
작별을 못내 아쉬워하던 당신
자동차 동구 밖으로 사라질 때까지
대문간에서 소슬바람에 한들거리는
코스모스처럼 손 흔드시네
이번 명절에는 효도 한번 제대로 하리라
큰 맘 먹고 내려왔건만
친구 녀석들과 오랜만에 회포 푸느라

잠깐 얼굴 보여 드린 것이 전부였다
벌써 상경 길 막혀 언제 도착할지 모르지만
고향의 훈훈한 정 가슴에 가득 채워 왔기에
피곤한 줄 모르고 운전대와 씨름할 때
불현듯 노모 생각에 콧날이 시큰거린다
어머니 몸도 불편하신데
이번 참에 저희들이랑 서울 가세요
난 괜찮아 너희들이나 잘 살렴
나는 여기가 좋단다
다음에는 꼭 서울로 모셔가야지 다짐하면서
운전대 불끈 쥐고 눈 부라리며 전방을 주시하지만
고속도로는 이미 주차장으로 변한 지 오래더라

고진감래

그대여 이제 그만
이별의 언덕길에서 흘리던
빨강 눈물을 거두소서
참으로 오래 기다렸도다
내일 아침이면
밤새 달려온 열차가
그대 앞에 멈추리

한때는 방종을 좇아
그대를 떠났지만
방황의 몸부림은
허망하기만 하였지
폭풍우가 끝난 뒤
고요하게 피어난
한 송이의 장미는
바로 당신이려오

그대여 이제 그만
모든 설움일랑 떨쳐버리고
나를 위해 준비해 둔
시들은 꽃다발이라도
다시 내게 건네주오
내 진심을 받아주오
당신만을 사랑한다오

호수

자욱하게 피어나는 안개
호숫가에 슬그머니
내려앉는 하얀 밤
이젠 돌을 던져
내 가슴에
파문을 일으켜도 됩니다
아무도 볼 수 없는 밤이기에

아직 이를지도 모릅니다
마음에 준비를
아~ 아닙니다
언제 바람이 불어와
안개를 걷어가 버릴지 모르기에
서두르세요
작은 돌 하나면 됩니다
그래도 나는 흔들릴 수 있어요
아마 커다란 파문이 일 거예요

가는 봄

따사로운 봄볕에
화사하게 웃음 짓는
진달래는 다가올
슬픔이 무엇인지 모른다
짧은 순간의 행복은
기나긴 슬픔이어라

님을 기다리다 지친
어느 봄날에
우리들의 사랑도
허무하게 끝나고
지난날의 아름다움은
가슴 아픈 추억으로 남아
꽃이 지고 새가 우는 언덕에
나 홀로 섰어라

하동포구

금빛 모래 끝없이 펼쳐진
하동포구 팔십리 푸른 강물 위에는
뭉게구름 둥둥 떠 있고
강변 미루나무 숲에서는
매미 울음소리 한창이다

시원한 강바람에
불볕더위조차 잊은
강태공들 여기저기서
여름을 낚고 있다
이따금
수박 향기 그윽한 은어 낚아 들고
너털웃음 짓는
강태공 자신도 모르게
이마에 주름살 하나 더 는다

도란도란 속삭이는 모래알처럼

간단없이 출렁이는 물결처럼

수많은 사연 싣고

나룻배 손님 기다리는

하동포구 팔십리

철이의 추억

철이는
청년이 되어
어촌인 고향에 돌아왔다
방파제에 웅크리고 앉아
끝없이 밀려오는
파도 소리 들으며
수평선처럼 까마득한 추억을
바닷속에서 건져냈다
소녀는 서울에서
아빠를 따라 낚시 왔다가
철이와
친구가 되었다
백사장에서 모래성도 만들고
갯바위 틈에서 숨바꼭질도 했다
소녀가 떠나던 날
철이는
조개 목걸이를
말없이 건네주고
눈물을 감추려 바닷가를 내달았다
같이 뛰놀던 갯바위 옆에서

가을 하늘처럼

어둑어둑해질 때까지
슬픔에 잠겼었지
나를 찾는 엄마의 목소리가
점점 가까이 들려왔던 기억
문득 그녀가 사무치도록 그립다

금실 은실

해는 금실 공장
달은 은실 공장

노래 잘하는 바람은
밤낮을 쉬지 않고
베틀가 부르고
낮에는 햇빛이
금실 짜기에 바쁘고
밤에는 달빛이
은실 짜기에 바쁘다

세상 사람들은
금실로 짠 옷을 입고
일터로 나가고
은실로 짠 옷을 입고
잠자리에 든다

가을 하늘처럼

우일 서정

또닥또닥
낙숫물 소리 애달파
한숨짓는 사내는
창 너머 오솔길을
한없이 바라보네

고집부리며 떠난
가시내 못 잊어
찌푸린 하늘이
눈물 뿌리는 날이면
언제나 창가에서
눈물짓는 사내

풍경 소리

심산유곡 녹음이 날로 짙어 가니
인적 끊긴 고즈넉한 절터
한 줄기 바람 낡은 석탑을 스치고

도도하게 치솟은 추녀 끝 파란 하늘가
댕그라니 외로운 풍경 하나
오케스트라처럼 변화무쌍한
바람이 자신을 이리저리 까불면
나지막이 주절대는 은은한 풍경소리

세상만사 모든 번뇌 종소리에 담아
멀리~ 멀리 바람에 날려 보내고
억겁의 사연 작은 종에 각인시키며
오늘도 역사의 증인으로 조그맣게 운다
바람이 불 때마다 쉴 새 없이
뎅그랑~ 뎅그랑~~ 뎅그랑~~~

이슬방울 목걸이

아침 햇살에 반짝이는
보석 같은 이슬방울을
알알이 금실에다 꿰어보니
진주보다 영롱한
수정보다 더 맑은
탐스런 이슬방울 목걸이

님의 하이얀 목에 걸고파
단숨에 달려갔더니
이슬방울 목걸이는
감쪽같이 사라지고
금실만 댕그라니

아~ 내 사랑 익기도 전에
아침 이슬방울처럼
사하지 않을까 두려워
다시는 이슬방울 목걸이를
만들지 않으리라

사랑의 태풍

어마어마한
사랑의 열정이
회오리바람 일으켜
애증을 오가는 갈등이
시커먼 먹구름 몰고 와
모든 연인들이 흘렸던
이별의 눈물 한데 모아 쏟는다
평화스런 내 마음을
한입에 삼킬 듯
해일이 덮치고
아직도 철없는
내 마음을 찢어놓을 듯
폭풍이 몰아친다

해일에 휩쓸려가고
폭풍에 날려간
사랑의 화려한 겉옷은
만신창이가 된 채
분질러진 나뭇가지에서
깃발처럼 펄럭이고

사랑의 나신만이
깊은 상처를 입고
평화를 되찾은
바닷가에 나뒹굴고 있다

사랑의 태풍이 지나간
가슴 언저리에
진실한 사랑의
꽃 한 송이
가만히 피어난다

강변에 서서

님 떠난 강변에
쓸쓸한
바람 소리 갈대 소리 눈물 소리
이별의 아픔으로
시퍼렇게 멍든 강물에
지난 기억들이
파편처럼 둥둥 떠다닌다
한없이 그윽하던
님의 향기는
강물처럼 덧없이 흘러가고
흔적조차 찾을 수 없지만
코스모스 만발한 강변에서
붉게 타오른 가슴이
안타까운 노을로 진다

님을 보내고 돌아오는 길에서
만나는 보름달은
님을 향한 일편단심이어라
어차피 함께할 수 없는 운명이라면
님의 그림자라도 되어
그대 곁에 영원히 머물고 싶어

이렇게 바람 불어 마음 울적한 날이면
추억을 더듬어 떠난
여행의 끝자락에
그 옛날
님이 떠난 강변 나루터
바람 소리 갈대 소리 눈물 소리…

가을 엽서

하늘이 높고 푸르던 날
빨래터에서 중년의 여인
또닥또닥 방망이질 하다말고
그리움에 젖은 눈동자로
머~언 하늘 하릴없이 바라볼 때

코스모스 만발한 언덕길을
두 개의 은륜 반짝이며 달려온
우체부 아저씨가
가을 냄새 듬뿍 묻혀 건네주신
엽서 한 장에는
까맣게 잊었던 이름이
별처럼 반짝이고 있었네

내 마음 몰라주고
떠날 때는 언제고
뒷산에 낙엽이 질 때면
다시 오시겠다니
애타게 기다리던 님
그래서 더욱 야속한 님
얼마나 잊으려고 용쓰던 님이던가

엽서를 품에 안으니
님의 향기 은은하게 풍겨 나와
여인의 설레는 마음은
벌써 동구 밖으로 달려가
님을 기다리고 서 있네

시간은 참 이상한 놈이다

시간은 참 이상한 놈이다
기다리면 오지 않고
잊고 있으면 금방 다가선다

시간은 참 심술궂은 놈이다
재미있으면 빨리 가고
그렇지 않으면 천천히 간다

시간은 참 별난 놈이다
잡으면 저 멀리 달아나고
놓으면 꼼짝도 하지 않는다

시간은 참 얄미운 놈이다
사랑하는 사람과 함께 있으면
눈 깜빡할 새 지나가고
미운 사람과 함께 있으면
답답하리만치 안 간다

시간은 참 야비한 놈이다
청춘 때는 더디 가고
황혼 때는 순식간에 가버린다

시간의 소중함을
젊었을 때 알지 못하고
늙어서야 겨우
알 수 있으니
그로 인한 수많은
회한의 눈물을
내심 즐기는
너는 참으로 나쁜 놈이다
죽이도록 나쁜 놈이다

아버지의 길

아버지의 길은
어린것들과 함께
한 고개 두 고개
가파르고 험준한 산을 넘어서
가시덤불 헤치고 깊은 강 건너
가도 가도 끝이 없는 수평선이다

모진 풍파도 꼿꼿이 견디면서
온갖 고초 거뜬히 참아내며
서로의 체온을 느끼며 가야 할 길이다
오늘도 지친 몸과 정신을 다잡으며
한없는 사랑과 사명감으로 무장하고서
손에 손잡고 다 함께 가야 할 길이다

제2부

마음은 부자

갈잎 갈나무

너는 갈잎 나는 갈나무
나는 첫눈에 당신께 반하고 말았어요
내 사랑 쉽게 받아주지 않는 당신은
나로 인해 붉게 멍든 갈잎입니다

찬바람으로 거칠어진 나의 팔 끝에 매달려
그대 나에게 사랑을 고백해 오던 날
이 일을 어쩌나 이미 때 늦은걸
가만히 들어 보세요
저 바람 소리를
벌써 소슬바람이 당신을 데리러 왔군요

떠나지 않으면 안 되나요
영원히 나만을 사랑해 줄 수는 없나요
나의 바람 모질게도 뿌리치고
힐끔힐끔 뒤돌아보면서
바람과 손잡고 먼 길 떠나는 갈잎에게
아쉽지만 내년을 기약하며
가만히 손을 흔들어 봅니다

벼랑 위에 핀 꽃

너는 벼랑 위에 핀 꽃
나는 밧줄 없는 농부
너는 오늘도 나를 유혹하지만
나에게는 여전히 밧줄이 없다

얼마나 기다렸던가
풍년을 알리는 농악 소리
들판에 울려 퍼지는 추수
님을 향한 애틋한 마음
볏짚으로 밧줄을 만드는데
사흘 밤낮이 꼬박 걸렸다

밧줄 둘러매고 벼랑으로 달려가
허겁지겁 벼랑을 오르니
너의 고운 모습은 어데 가고
잡초만 무성하더란 말이냐
아~ 아~~ 허무한지고 허무한지고

남아 선호

대문간 새끼줄에 붉은 고추 달렸네!
드디어 아들 낳았구나
아들 낳은 산모
편히 누워서 미역국 얻어먹고
대문간 새끼줄에 솔가지 걸렸다
에이~ 또 딸이야
딸 낳은 산모
피 마르기도 전에
방아 찧고 길쌈 메더라

또순 말자 필남 막딸이
딸 그만 낳고 아들 낳기를 기원하는
한 맺힌 이름들
그 얼마나 흔한 이름들인가
아들 못 낳으면 죄인
재처 삼처 들여도
말 못하는 본처의 설움

밤중에 몰래 남근석에
걸터앉아도 보고
돌장승 코 슬쩍 떼어다
달여먹어도 보았지만
아무런 효험이 없어
여인들이 애태우며 흘리던
눈물 자국에는 풀도 나지 않더라

칠성당 문턱이 반들거리도록
드나들며 빌고
정한 수 다 마르고 닳도록
빌고 또 빌어도
기다리는 아들은
언제 얻을 수 있을지
여인들의 애절한
아들 바라기 소원은
지금도 계속되고 있다

가을의 엘레지

황혼이 지는 들녘
어린양 길 잃고 헤매 돌 적에
들국화 예쁘게도 피었습니다
한낮에 푸른 하늘에서
단풍잎이 흩날릴 때
두 손 고이 모두우고 기도하는
소녀의 눈동자에 우수가 깔리고
붉게 물든 능금이
가느다란 가지에 매달려
누군가를 기다렸지만
가을의 한낮은
아무 일도 벌어지지 않은 모양입니다

스산한 바람이
옷깃을 파고드는 저녁 무렵에
어린 양 가슴에 품고 뛰어가던 소년이
갑자기 어린 양 내던지더니
향기로운 들국화 한 움큼 꺾어 들고
길 건너 어둠이 거뭇거뭇 묻어 있는

창가에서 수심에 잠긴 소녀를
먼발치에서 가만히 보고 섰지요

아침 이슬

초롱초롱 진주알
초록 밭에 억수로 깔렸다
하나 둘 셋
헤아리고 헤아리다
내가 늙고 말아
돋보기 끼고 들여다보니
얄미운 해님의 미소에
눈물짓는 이슬방울
이별 노래 부르는 새소리에
모두들 모른 체 돌아앉는다
꽃상여 무덤 찾아가는 웅얼거림
아득히 들리는 산속에
내가 대신 죽고 말리라
너 대신 내가 가리라

아파트 승강기 안에서

바로 앞집에
누가 사는지도 모르는
각박한 세상
문명의 이기 아파트 승강기는
인간을 비웃기라도 하려는 듯
입을 딱 하고 벌여
껍데기뿐인 인간들을
쉴 새 없이 먹고 토해 낸다
승강기 안 비인간들
모두 다 등 돌리고 서서
시선은 허공 아니면
발끝에 고정시키고
길어도 20초도 안 되는 시간을
서먹서먹하고 갑갑한 심정으로
층 숫자 표시등을 힐끔거리며
자신이 내릴 층을
손꼽아 기다리고 있다

입영

그녀의 입맞춤을 물리기에는
너무 가슴이 아팠습니다
그녀는 내가 올 때와 마찬가지로
떠나는 길에도 온통 꽃잎을 뿌려놓았습니다
이제 가면 언제 올지도 모르는데
역마차가 떠나려 할 적에
그녀는 눈물지으며 손을 흔들었답니다
나 역시 눈물을 참느라 안간힘을 썼지만
그녀가 점점 나에게서 멀어지자
내 두 눈에도 이슬이 맺혔습니다
자꾸 마지막이라는 느낌이 드는 것은 왜일까
설사 오늘이 마지막이 될지라도
내가 그대만을 사랑했다는 것을
기억해 준다면 더 이상 바랄 것이 없겠지
이제 다시는 못 볼지도 모를
내 사랑이여 안녕!

가을 하늘처럼

기다림

겨우내 님 기다리다
봄눈 녹듯 애간장 다 녹이고
파란 하늘에 떠가는
구름에게 편지 부친다

아침 까치 울음소리에
행여나 내 님 오실까
사립문 비켜 놓고
님 저고리 지을 때…

오시라는 님은 오지 않고
얄미운 황혼이
불쑥 마당 가운데 들어서네
휴우~ 벌써 밤이 두렵구나

포장마차

어찌 참새가 방앗간을 그냥 지나칠 소냐
바가지 긁는 마누라 무서워도
딱 한 잔의 유혹 뿌리칠 수 없어
셀러리맨 하나, 둘, 몰려든다
몰아치는 바람이 포장을 다 찢어놓을 듯해도
마주 앉은 정다운 눈길엔 온기가 있어
높은 양반 마시는 양주는 못 마셔도
이렇게 쓴 소주잔이라도 기울일 수 있는
낮은 사람들의 즐거움
포장 밖에는 겨울, 안에는 여름
후루룩~ 후루룩~~
충청도 아줌마가 말아주는 우동
갖은 양념 들지 않아도 맛있기만 하다
얼큰해서 시작한 노래 못 불러도 듣기 좋다
너도 친구, 나도 친구
우리는 포장마차 동기 동창

동백꽃

엄동설한

해님도 꽁꽁

달님도 꽁꽁

한밤중에

몰래 오는

하얀 손님

틈에서

어여쁘게

미소 짓는

빨간 동백아

너의 모습

양귀비

입술 닮아

뭇 사람에

귀염받겠네

통일이 되면

통일이 되면 제일 먼저 백두산에 오르리라
뜨거운 가슴 안고 한반도 굽어보며 외치리라
우리 민족은 하나 백의민족이라고
서로 다른 생각이나 사상일랑 접어두고
과거의 아픔도 희망찬 가슴으로 지워버리자
아무리 서구 문화가 물밀 듯 밀려와도
동방예의지국 전통 이어가자
우리 옷 한복 다 같이 곱게 차려입고
우리 꽃 무궁화 방방곡곡 꽃피우자
금강산 하나만으로도 우리 금수강산
세계에 마음껏 뽐낼 수 있으리라
몽골족이 함께 살아보자고 얼러도
힘차게 거절하리라
왜인들이 고개 숙여 손을 내밀어도
두 번 다시는 손잡지 않으리
백두산 정기는 한라산으로 이어지고
중단된 철마는 부산에서 신의주까지
거침없이 내달려 고구려인의 기상으로
옛날 우리 땅 만주 벌판도 되찾자
남북이 하나 되어 험준한 에베레스트 넘고

파도 거센 오대양을 건너 세계로 나아가자

이제 우리 뜨거운 가슴으로 하나 됨을

그 아무도 막지 못하리라

배달민족 만세 대한민국 만세

사랑의 의미

나 혼자 있으면 외로워지고
너와 둘이 있으면 망설여지는 것은
사랑하는 마음일까
나는 아직 사랑이
무엇을 의미하는지 모른다
내가 사랑한다는 그 말을 못하는 이유도
내가 너에게 어떤 느낌으로
다가가 있는지 모르기 때문이다

내가 사랑의 의미를
어렴풋이 알게 되었을 때는
그녀가 이미 내 곁을 떠난 후였다
천사 같은 마음을 지닌 것도 모자라
어여쁜 한 송이의 장미를 닮은 여인을
두 번 다시는 만날 수 없으리
이토록 늙어 혼자인 이유도
바로 그 때문이리라

아~ 내가 사랑의 의미를
조금만 더 일찍 깨달았던들
너무나도 소중한
그녀를 놓치지 않았으련만
그리움 가득한 하늘가에서
한 줄기 바람이 불어와
쓸쓸함은 더해 가는데
나의 사랑은 시작도 하기 전에
노을빛 석양으로 진다

태양아

태양아~
너의 빛 조금 줄이고
눈높이를 낮추어서 세상을 바라보렴
언제나 찬란하게 빛나는 태양아
너는 오늘도 여전히 어느 누구에게도
눈 맞춤을 허용치 않는구나
구름아 그렇지 조금 더 왼쪽으로
아 아니 너무 많이 갔어
다시 오른쪽으로 약간만
그래그래! 좋아! 됐어!
그리고 파우더를 좀 더 칠해 봐
으~ 응 좋아! 완벽해 잠깐만 기다려
하나 둘 셋 찰칵

태양아~
거만하기 짝이 없는 너를
오늘에서야 똑바로 바라볼 수 있구나
지금 네 모습이 가장 보기 좋아
눈부시지 않구나
얼굴에 바른 선홍색 파우더가
아주 매력적이군

너는 오늘처럼 겸손을 배워야 해
그것은 모두가 구름 덕분이지
저길 봐 음지에서 속수무책으로
떨고 있는 저 사람들이 보이지 않니
너 언제 오늘처럼 너의 빛 조금 줄이고
눈높이 낮추어서 세상을 바라볼래
그날이 오면 우리나라도
제법 살만한 세상이 되겠지

순정

성춘향 이 도령을
향한 일편단심은
이제 한낱
고전에 불과한지라
수많은 열녀비는
공원의 장식물
순정파들의 로맨스도
이미 끝장났다
바람에 흔들리는
갈대 같은
계집아이들
이 꽃 저 꽃
옮겨 다니는
나비 같은 사내들
쉽게 정들고
쉽게 헤어져
사랑은
빛바랜 색종이처럼
물질로 퇴색하고
닥치는 대로 사랑하고

마음대로 잊어버리는

비인간들 사이에

외롭게 피어있는

꽃 한 송이

아~ 로맨스여!

첫사랑

사랑 중에 으뜸 사랑은 바로 첫사랑이야
비록 이별을 준비하는
가슴 아픈 사랑일지라도
질풍노도 같은 열정으로
물불을 가리지 않는 마음으로
사랑에 흠뻑 빠질 수 있기 때문이지
비록 그 사랑 이룰 수 없을지라도
평생을 두고 한번 해볼까 말까 한
감당키 힘든 엄청난 사랑을
처음으로 느낄 수 있을 거야
사무치던 가슴앓이가 모두 끝나면
결국 사랑에 눈을 뜨게 되지만
이미 첫사랑은 우리 곁을 떠난 후라네
그 애틋한 사랑은
세상 어떤 것과도 바꿀 수 없는
소중한 추억으로 남아
누구나 가슴에 평생을 묻고 살아간다네

가을 하늘처럼

마음은 부자

시인은 마음 하나로 산다네
아무리 살림살이 궁색해도
마음 하나는 부자요
육신은 늙고 병들어도
마음만은 청춘이라네

시인은 마음 하나로 산다네
마음 하나면 못할 것도 없지
천하를 호령하는 제국의 왕이
만인이 우러러보는 하늘도 될 수 있지

시인은 마음 하나로 산다네
비바람에 시달리는 들꽃 한 송이에도
안타까워 어쩔 줄 몰라 하고
서쪽 하늘 물들인 저녁놀에도
너무 쉽게 감탄하고 만다네

누가 뭐라고 해도 시인은
아름답고 순수한 마음으로
평생을 그렇게 살아간다네

숨어 피는 꽃

아무도 몰래 숨어 피는 꽃

알다가도 모를 일이다
꽃이라면 모름지기 아름다워야
또한 자신의 아름다움을 과시해야

알다가도 모를 일이다
아무도 봐주지 않는 아름다움을
저 혼자 어쩌겠다고

그렇게 혼자 피어있으면
누가 알아주기나 할까?
차라리 꽃이 되지나 말지

신록

앙상한 가지 무던히도 괴롭히던
송곳 바람도 무뎌지고
온 누리 감싸는 부드러운 햇살이
딱딱한 가지 어루만지길
몇 날 며칠
여린 잎사귀 불쑥불쑥 고개 내밀어
겨우내 고독했던 나뭇가지 연일 위로한다
나날이 짙어 가는 잎사귀마다
눈부신 햇살이 잘게 부서져
살랑살랑 부는 봄바람에
금빛 물결 되어 반짝이고
아무도 흉내 낼 수 없는 빛깔의
신록이 대지를 수놓으면
모두들 들뜬 축제 분위기이지만
내 마음은 오히려 신록 속에 정화되어
차분히~ 차분히 가라앉는다네

님 맞이

님의 눈썹 같은 초승달이 뜬다
행여 한양 갔다 오는 우리 님
밤길 어두우실까
청사초롱 들고
꼬부랑 길 마중 나갈 때
콧노래 절로 나온다

어떻게 반겨 드릴까
꾀꼬리 울음소리에
두근거리는 가슴
누르려고 달려도 본다
아직도 님 오시려면
보름도 더 남았는데
청승맞게 밤마다 이 야단이네

가을 하늘처럼

비 오는 날의 풍경

낙엽 쌓인 포도 위에 소리 없이 나리는 비
그동안 가슴 깊이 간직한 추억들이
빗물 속으로 하나 둘 녹아 없어져도
누구 하나 거들떠보지 않는 안타까움…

연인들이 우산 속에서 나누는 밀어도
비가 그치면 바람에 날려
낙엽처럼 하늘가에 흩어지고 말 것을
창가에 부서지는 빗방울 사이로
아른거리는 가을 풍경이 너무 애처로워…

그녀가 떠나간 플랫폼에서
차가운 비에 흠뻑 젖었다
그녀를 대신 해서
철길 가에 핀 코스모스가
슬픈 모습으로 나를 바라보며
가만히 비바람에 흔들리고 있었다

제3부

꿈을 꾸는 구름

인생

만나서 기쁘고
헤어져서 슬퍼지면
인생은 그런 것이라고
체념의 노래를 부르리라
언제나 우리는
그렇게 살아온 것을
살며 사랑하고 죽는 것이
뭐 그리 대단한 일이라고
가슴 아파하나요

어차피 인생은 우리가 가야 하는 길
너무 어렵다고 생각하지 마세요
그렇다고 너무 쉽게 생각해도 안 돼요
그대는 왜 모르시나요
아무리 발버둥 쳐도 지나고 생각하면
모두 다 별것이 아니라는 것을

얻어서 기쁘고
잃어서 슬퍼지면
인생은 그런 것이라고
체념의 노래를 부르리라
언제나 우리는
그렇게 살아온 것을

보수동 헌책방

부산시 보수동 1번가 헌책방 골목
손때 묻은 고서에서 선인들의
지혜와 삶의 향기를 느낄 수 있는 곳
아무리 인터넷 문화 범람해도
책장 넘기는 재미와 낭만은
눈곱만큼도 느낄 수 없어
마음의 양식 얻고자
남녀노소 즐겨 찾는 문화거리
헌 시집 사이에 끼어 있는 낙엽에서
연인들의 슬픈 사랑 이야기 솔솔 풍겨 나오고
밑줄 치고 낙서한 책장에서는
나도 모르게 집중하여 보게 된다
탐정처럼 구석구석 샅샅이 뒤지다 보면
희귀본도 재수 좋게 손에 쥘 수 있는 곳
책방 주인의 구수한 사투리
다정하고 친절한 그 마음
오늘도 보수동 골목에 넘쳐흐르네

노송

힘차게 뻗은 근육질의 가지는
율동적으로 하늘을 장식하고
그 당당한 기상은
하늘을 찌를 듯하구나
푸르디 푸르른 솜털을
가지가지 위에 올려놓고서
오늘도 천하제일의 멋을 뽐내는구려

값비싼 한 폭의 동양화를
감상하는 듯한 착각으로
벽장 속에 숨겨 두고
혼자만 감상하고픈 마음 솔솔
이 세상 어느 누가 보아도
감탄하지 않을 수 없는
자연 최고의 조각품 노송이
오늘도 우리 금수강산을
더욱 빛나게 하는구나

가을밤 여인

뒤뜰에 낙엽 지는 소리
우수수 들려오고
소슬바람 문틈 사이로
자꾸만 파고드는데
남편은 약초꾼
꼬끼오 첫 새벽 먼 길 떠나고
어린 것은 배고파 울다 잠들었네
흐릿한 등잔불 아래 단아한 여인
삯바느질로 시름 달래고
부쩍 길어진 이 가을밤을 어쩌나
그리움에 사무친 밤은 더디 가고
깊은 밤 부엉이 우는 소리에
바느질 잠시 멈추고
언제 돌아올지 모를 님 생각에
한숨짓는 여인의 그림자가
창호에 아른거린다

이름 모를 꽃송이

비바람 몰아치던 날
접동새 슬피 우더니
무덤가에 피어난
이름 모를 꽃송이여
그 누굴 위해 피어났나

내 죽은 육신 위에
흙이 자꾸만 덮여
영혼의 숨통마저 막으려던 날
꽃씨 하나 몰래 숨어들어
나의 넋을 위로해 주었지

이름 모를 꽃송이여
나를 위해 피어났거들랑
영원히지지 마라
만약 내가 다시 태어나
한 송이의 꽃이 된다면
너랑 나란히 피어나
더 이상 혼자 있게 하지 않으리

매화

땅글땅글
얼어붙은 꽃봉오리
봄바람 불어오니
기다렸구나 터뜨려
화사하게 웃음 짓네

시샘하는 꽃샘바람이
추워 오들오들 떨지만
지나가는 사람들의 미소에
수줍어 고개 숙이네

한낮에
북산 너머로 쫓겨 가는
동장군 꼴좋구나
나는 야 봄이 좋아
조금 일찍 나왔을 뿐이네

잊었던 마음

여태껏 잊었던 맘을
이제 와서 어떡하오리까
진달래 피던 언덕에서
잊었던 맘인데
어이해 지금 돌아와
잊었던 맘을 되찾으려 하오

하지만 님이시여
이제 진달래꽃은
모두 다 지고 하나도 없습니다
그래도 미련이 남으면
다시 진달래꽃 필 때까지
기다려 보시던가요

오월

축복받은 따사로운 햇살에
반짝이는 여린 잎사귀
산들바람 반가워
아양 떨고

뻐꾸기 울음소리조차 멎은 산에
오월이 가만히 숨을 고른다
초록이 싱그러운 언덕 위에
황소 한가로이 풀 뜯고

알 수 없는 그리움으로
유채화 꽃밭 사이를
콩닥이며 달려가는 소녀는
벌써 오월이 끝나고 있음을 알지 못한다

아~ 아~~ 몰라야 하리
몰라야 하리
만약 알게 된다면
가슴이 섬뜩섬뜩 아려오겠지

가을 하늘처럼

산골의 봄

산골짝에 봄바람 살랑살랑 불어오니
기다렸다는 듯 복사꽃 망울 터뜨려
요기조기 분홍 물감 칠해 놓고
새파란 하늘가에는
하이얀 조각구름 그려 놓았다

지렁이 기어가는 모양 논두렁마다
새싹이 파릇파릇 돋아 나오고
손 튼 코흘리개 나무꾼들은
꽃샘추위도 아랑곳하지 않고
이산 저산 오가며 나무하기에 바쁘다

그중 한 녀석 고갯마루에서
나무 가득 실은 지게 벗어 놓고
나물 캐는 가시내에게 다가가
불쑥 진달래 꽃묶음 건네더니
가시내 그 꽃 받아들기도 전에
붉은 얼굴로 산길을 달음박질친다

꽃신과 색동옷

님이 보내주신 꽃신을
벽장 속에 넣어두고
님이 생각날 때마다
꺼내 가슴에 품어 보오
님이여 언제 오시려나
그대 오시는 날
이 꽃신 신고 달려나가
반겨줄 것을

님이 보내주신 색동옷을
옷장 속에 넣어두고
님이 생각날 때마다
꺼내 입어 보오
님이여 언제 오시려나
그대 오시는 날
이 색동옷 입고
달려나가 반겨줄 것을

가을 하늘처럼

들국화

고운 님
여의옵고
님 떠난
작은 길에
피어난
한 송이의
들국화여
은색 달이
고요한 밤에
기러기 울며
길 떠나면
님 생각에
저 홀로
눈물짓네

동심

하늘거리는 초록빛 잎사귀에
반짝이는 싱그러운 햇살
드맑은 푸른 하늘
때 묻지 않은 동심이
푸른 초원 위에 뛰논다

유아를 팽개치는 모정
욕심으로 가득 찬 유괴범
이들 마음 모두를
신록 속에 깨끗이 거르고 걸러
동심처럼 만들고자

나쁜 어른들 때문에
하늘나라로 먼저 올라간
어린 천사들의 나팔 소리
오월의 한가운데 울려 퍼진다

가을 하늘처럼

당신은 어디쯤 오고 계신가요

그리움 진하게 물든 낙엽이 질 때면
헤어져야 할 우리의 서글픈 사랑
바람이 몹시도 심하게 불던 날
조용한 찻집의 창가에 앉아
지난날의 추억에 젖어 봅니다

기다리는 사람은 진종일 오지 않고
황혼이 빚어낸 저녁놀만 애처로워
이젠 사랑을 고백할 때도 됐는데
서쪽 하늘 자락 붙들고
놓을 줄 모르는 석양처럼
너무 오래 망설이고 있는 건 아닌지

님이여 지금이라도 당장 내게 달려와
사랑을 고백해 주오
뜨겁게 달아오른 내 사랑 식기 전에
아~ 아 벌써 창밖에는 낙엽이 지고
당신의 빈자리에는 여전히 고독이 맴도는데
너무나도 그리운 님이시여
당신은 지금 어디쯤 오고 계신가요

참외 서리

작렬하는 태양
개구쟁이들은 더위도 잊고
개천에서 물장난이 한창이다
방천길 따라 나 있는 참외밭에
누릇누릇 잘 익은 참외가
따가운 햇살에 눈부시다
살살 불어오는 산들바람에
주인은 원두막에서
꾸벅꾸벅 조올고
동네 꼬마 녀석들
살금살금 방천 타고
참외밭으로 기어든다
한 녀석 너무 욕심부리다
때마침 단잠에서 깨어난
주인의 불호령이 떨어진다
겁먹은 표정으로 돌아보니
모두 도망치고 혼자다
런닝에 가득 찬 참외
땅바닥에 쏟아놓고
앙~ 울음을 터뜨렸으나

주인은 인정사정이 없다
녀석은 결국 빨가벗겨
한 손으로 고추 가리고
한 손으로는 눈물 훔치면서
훌쩍이며 방천길을 걸어올 때
개천에서 물장구치던
가시내들의 웃음소리가
까르르 깔깔깔 들려왔다

꿈을 꾸는 구름

새털구름 하나 살짝 떼어다가
불쌍한 소녀 머리핀 되어 주고

뭉게구름 한 움큼 쥐어다가
우는 아이 솜사탕으로 달래보고

양떼구름 조심조심 몰아다가
빈곤한 목장에 채워주고

새까만 비구름 꼬옥 짜다가
가뭄에 목마른 대지 촉촉이 적셔놓고

저녁놀에 붉게 물든 구름 털어내
고민하는 화가에게 아름다운 색깔 선사하고

조각구름 하나 둘 살며시 포개다가
가난한 신혼부부 침대 만들어 주면

가을 하늘처럼

참 좋겠다고 생각하는 하늘의 구름
구름은 매일 매일 이런 꿈들을 꾼다

무소식이 희소식

오~ 그대여
편지를 띄우지 마오
당신의 편지라면
깜짝깜짝 놀라오
만약 하얀 백지에
사랑한다는 말 대신
잊어 달라고
쓰여 있으면 어쩌나
차라리 무소식이 희소식인 것을

오~ 그대여
한밤중에 전화를 마오
당신에게 걸려온 전화라면
가슴이 덜컹덜컹하오
만약 만나자는 말 대신
헤어지자고 말하면 어쩌나
차라리 무소식이 희소식인 것을

후회

떠나는 님 잡지 못하고
이제서 생각나면 뭘 하노

있을 때는 몰랐는데
가버리니 섭섭하네

있을 때나 잘해 주지
떠난 뒤 후회하면 뭘 하노

내 마음 걷잡을 수 없어

비 개인 오후
내 마음 걷잡을 수 없어
무작정 집을 나섰다네

새파란 하늘에
반짝이는 햇살은
눈이 부시고
물기 머금은 장미는
더욱 아름다워라

내 마음 걷잡을 수 없어
지나가는 이 아무나 붙들고
내 마음 이야기 하고 싶어

가을 하늘처럼

사랑의 표현

요즘 아이들은
사랑 표현을 드러내 놓고
과시하듯 막 하지만
나는 그러기 싫어
드러내 놓는 사랑은
왠지 너무 유치한 것 같아 싫어
내 사랑은 신성하기 때문이지

둘만의 비밀스런 장소에서
그에게 사랑을 표시하고
또한 인정도 받고 싶어
아무도 모르는 곳에서
나는 그에게 내 마음을 고백할 거야

사랑의 신성함을 모독하는
요즘 아이들의 사랑 표현은
너무 유치한 것 같아 싫어
사랑은 약간 신비스러워야 하거든
그게 바로 사랑의 참모습일 거야

나그네

어제는 저기서
오늘은 여기서
내일은 또 어디에서
산을 넘고 강을 건너
나의 님은 어디에

오늘은 만날까?
짚신이 다 해지도록
돌아다니다 지쳐
이렇게 혼자
땅바닥에 엎드리면
나도 몰래 눈물이 난다

나의 님은 어디에
내일은 만날 수 있을까?
어두운 마음으로
조용히 눈감으면
초라한 나의 영혼을
별빛이 밤새 위로하였지

제4부

아카시아 사랑

상념

아~ 내가 왜 이러노
다시는 생각 않는다 했는데
자나 깨나
내 님 생각이네

아~ 내가 왜 이러노
다시는 사랑 않는다 했는데
오나가나
내 님 생각이네

가을 하늘처럼

빗방울

빗방울 떨어져
크고 작은 동그라미
그리고 지우고
동그라미
둥글둥글 둥글게
세모 난 얼굴
네모 난 마음
빗방울처럼 둥글게
동그라미
둥글둥글 둥글게
동그란 얼굴
둥그런 마음

아마추어 글쟁이

나 일찍이 글쟁이 해볼 양으로
오르지 못할 나무 기어오르다
미끄러지길 수차례
결국 그 문턱을 넘지 못했다

그 길이 춥고 배고픈 길이라고들 하기에
등 따시고 배부른 길 택했으나
오매불망 늘~ 내 마음은 콩밭에 있어
틈만 나면 그곳을 기웃거린다

높은 산 넘지 못해
영원히 아마추어로 남을지언정
긁적이는 것을 멈출 수 없어
가쁜 숨 몰아쉬며
죽음의 그림자 드리워도
꼬옥 쥔 펜을 끝까지 놓지 않을
나를 오늘도 상상해 본다

가을 하늘처럼

산사의 하루

불심을 담은 은은한 목탁 소리가
고요한 새벽을 깨우면
깊은 산속 산사의 하루가 열린다

힘든 수행 생활 견디며
불법을 정진하는 참선의 도량
고통받는 모든 중생을 위해
조그만 등불이 되리니
부처님께 귀의합니다

오늘도 불경 읽기를 게을리 않고
열심히 불법을 깨우치니
부처님께서 더욱 가까이 계시네

만추

코스모스가 어여쁜 꼬부랑길
아낙네 이고 가는 물동이에
새털구름 살포시 빠져들고
뜰 안 늙은 감나무에는
눈부신 하늘이 부끄러워
홍시가 차례로 얼굴 붉힌다

사랑방 낡은 경대 위에
들국화 향기 그윽하고
가물거리는 등잔불
책장 넘기는 소리
창호에 아른거리는 인영

옥수수 알알이
이야기꽃 피우는 가을밤
소슬바람 쉴 새 없이
문틈을 파고들고
질화로에 토실토실
밤이 익어가면

가을 하늘처럼

멀리서 가까이서 들려오는
귀뚜라미 울음소리가 자장가인 양
옹알대던 아가도
어느새 엄마 품에서
새록새록 잠이 들었다

별빛에 기대어

별빛이 쏟아지는 깊고 깊은 밤
아직도 깨어 있는 의식은 축복이다
우주 속의 한 점 먼지 같은 존재
왠지
한없이 서글퍼진다
죽지 못해 산다는 것은
제 생명 다 못하고 떨어지는
별똥별보다도 못한 못난 인생

밤이 무르익을수록
수많은 별들이 내 병든 영혼을
부드러운 손길로 어루만진다
그 강도와 속도가 점점 빨라지면서
어느덧
내 몸은 새로운 생명력이 솟구친다

낮이 두려웠던 나였지만
미명 속에 밝아 올 내일이
이제는 두렵지 않다
모든 것이 적나라하게 드러나는
대낮의 햇살이 나를 난도질하고 채찍질해도
나는 이제 얼마든지 견뎌낼 수 있다
밤이면 밤마다 나의 상처를 치유해 주는
수많은 이름의 별들이 있기 때문이다

이렇게 아름다운 날에

나 이제 이슬만 머금어도 살 수 있을 것 같던
소녀적 꿈은 모두 내려놓아야 한다네
새롭게 펼쳐질 세상이 두렵기도 하지만
사랑하는 이와 함께라면
그리 걱정하지 않아도 되리라
언젠가 우리의 예쁜 아기도 태어나겠지
엄마한테 받은 사랑 나도 아기에게 듬뿍 주리라

한복이 잘 어울리는 우리 엄마가 눈시울 적시며
우리 딸 참 예쁘다 하시고
순백의 웨딩드레스 손을 놓는
아버지 마음에 소리 없이 눈물이 흐른다
엄마, 아빠 걱정 마세요 저 잘살게요
모두가 날 위해 기도하는 이렇게 아름다운 날에
신의 가호와 축복이 있으소서

가을 하늘처럼

화조

꽃봉오리 맺기도 전에 재촉하여
길 떠난 새는 성미도 급하지
꽃향기 바람을 타고 삼천리
언제 왔느냐? 반갑구나!
날갯짓하며 꽃잎에 입 맞춘다

기쁨은 찰라
꽃 이파리 눈송이처럼 날릴 때
무엇이 슬퍼 진종일 우느뇨?
애벌레 하나 삼키고 용하지

바람아 불지 마라
우리 고운 님 자꾸 떨어진다
찢어진 마음으로 바람 막고 섰어도
자꾸만 떨어지는 꽃잎을
어이 할까나 어이 할까나

지리산 목장

꼬불꼬불 산길을 따라
봄꽃들이 방실방실
지리산 중턱마루
아기 염소 어미 찾는 울음소리
봄나들이 나온 노랑나비
이 꽃 저 꽃 입 맞추고

겨우내 얼어붙었던
목동들의 메아리 소리
봄기운 속에 살살 녹아든다
개울물은 졸졸졸
햇빛은 반짝반짝

모두가 반가운 이른 봄
나뭇가지 가지마다
여린 잎
고개 삐죽 내밀었다가
심술궂은 꽃샘바람에
살짝 얼굴 감추네

두메에 살고파

아무도 날 찾지 않는 두메로
세상 무거운 짐 모두 벗어 놓고
떠나고 싶어라

늦잠에서 깨어나
아침 이슬로 목축이면
산새 노랫소리에 절로 흥겨워라
들꽃들과 도란도란 이야기하고
산짐승들과 어울려 뛰놀다 시장하면
온갖 푸성귀 산채로 배를 채우리
산꼭대기에 올라 천하를 호령하기도 하고
서산 낙조를 황홀한 마음으로 바라보다가
마지막 남은 햇살이 숨을 거두면
낙엽 더미에 쓰러져 반짝이는 별을 헤다 잠들리

세상만사 모조리 잊고 두메에 살고파라
훗날 세월이 가는 줄도 모르게
나 백발이 성성하여도
후회하지 않으리 절대로 후회 않으리라

종달새

비췻빛 하늘이 팔을 벌려 나를 부른다
나는 보리밭의 한 마리 종달새

쭈르 쭈르 쭈쭈르 쭈쭈르
있는 힘 다해 님을 향해 솟구쳤다
딱 한 자락이 모자라 땅으로 곤두박질
다시 마음 다잡고 솟구쳤다
역시 님에는 못 미쳐
나의 님이 안타까이 손짓하고 있다

이 봄이 다 가도록
님의 품에 안기도록 날갯짓한다
아~ 아~~ 신이시여!
어리석은 나의 몸짓을 꾸짖지 마시고
나에게 더 큰 날개를 주옵소서

낯선 곳에 내려놓은 가방

나는 오늘
늘 양손에 든 가방 하나를
낯선 곳에 슬그머니 내려놓고 왔다

매일 보던 녀석을 한동안 못 본다니
돌아서는 내 마음 영 편치 못하다
비록 명품 가방은 못될지언정
나에게는 그토록 소중한 가방이다

허전하고도 애틋한 마음
주체할 길 없지만
언젠가 그날이 오면
그 속에 참을 인자 가득 담아
다시 내 곁으로 돌아오겠지

아카시아 사랑

하얀 아카시아 꽃잎이 바람결에 지자
향기로운 꽃 내음 어느새 사라지고
아카시아나무 이파리가 만들어 낸
서늘한 그늘 사이로 지난 일들은
가슴 아픈 추억이 되어 버린 채
꽃잎처럼 허공에 흩날리네

바람은 슬픈 마음을 온종일 노래하고
어느새 석양이 노을빛을 만들어
이별의 안타까움만 더해 가는데
아카시아 꽃이 지면 잊어야지 하면서도
나 그대를 잊지 못하고
내 마음은 다시 그때 그 향기처럼
님의 창가에 세레나데 되어 흐르네

한여름 밤의 추억

잠이 오지 않는
무더운 여름밤
마당 가에
모깃불 피워 놓고
온 식구
평상에 둘러앉아
도란도란
얘기꽃 피우며
수박 먹던 기억

별 하나 나 하나
별 둘 나 둘
할머니 시킨 대로
별을 헤아리다
엄마 무릎에서
잠들었던 기억

새순

북풍한설
살을 에는 칼바람도
거뜬히 견딘 나뭇가지는
살랑살랑 불어오는 봄바람에
가볍게 몸을 흔들며
따스한 햇살의 축복 속에
희망의 움을 틔웠다

살짝 고개 내민 새싹이
너무 여려서 안쓰럽지만
꽃샘추위의 질투 용케도 잘 참아내며
여기서 삐쭉~ 저기서 삐쭉~~
삽시간에 신록이 온 세상으로 퍼져나가
봄의 커다란 기쁨이요 보람이 되네

바보

하늘이 무너지는 소리를
들은 적이 있나요
아마 없을 거예요
있다면 내 사랑 떠나자
그 소리에 귀먹은 소녀…

검은 하늘의 성난 번갯불을
본 적이 있나요
아마 없을 거예요
있다면 내 사랑 떠나자
그 빛에 눈먼 소녀…

첫돌

일 년 전 만물과 신의 축복 속에서
너의 우렁찬 울음소리가
세상을 처음 열었었지

이티처럼 생긴 네 모습이
이젠 제법 귀염둥이로 변모하고
키도 훌쩍 컸구나!
생긋생긋 웃는 얼굴 너무 귀여워
엄마 아빠는 너에게
시도 때도 없이 입 맞춘단다

초롱초롱 빛나는 눈동자
온갖 것들이 다 경이롭고 신기하지
눈에 띄는 것은 모조리
잡아보고 싶어 애쓰는구나!

이제 막 걸음마 시작한 너
겨우겨우 일어서 뒤뚱뒤뚱
몇 발 못 가 엉덩방아
그래도 포기하지 않을 거지

가을 하늘처럼

힘들고 거친 세상이지만
너무 걱정하지 말거라
엄마 아빠가 있잖니
너를 끝까지 보살피고 지켜줄게

눈에 넣어도 아프지 않을
우리 아가 하늘이 주신 선물
아빠 엄마의 사랑 아낌없이 다 주마
씩씩하고 건강하게만 자라다오

우리 사랑 아가야
진짜~ 진짜 사랑한데이
그리고 너의 첫 생일 진심으로 축하해

곶감

너무나 선명한 주황색 탐스런 결실
푸른 하늘에 듬성듬성 박혀 반짝반짝
조심조심 부지런히 따 모아서
줄 색종이처럼 정성스레 껍질 깎아
지붕 밑에 주렁주렁 보기 좋게 매단다

늦가을 깊숙한 햇살에 물이 마르고
한겨울 날씨에 얼었다 녹았다 반복하면
비로소 높은 당도 도도하게 지니도다
보들보들 피부에 분을 살짝 바르고
귀하신 몸 한껏 뽐내는
너는 과연 건과의 여왕이로고

제사상에 올라 조상의 넋 기리고
우리 입안에서 쫄깃쫄깃
달콤한 즐거움을 주는
너…

가을 하늘처럼

옛날 옛적에는

아마도 호랑이보다

더 무서운 놈이었다지

오늘 하루만이라도

눈이 부시도록 하늘이 푸른 날
나의 찢겨진 양심을
바늘로 꿰매어 보리라
이리 흔들리고 저리 흔들리는
적자생존의 무리 속에서
무던히도 치던 몸부림
가장 현실적인 삶의 표본을 위해
하루 24시간으로도 모자라
늘 쫓기는 자신의 그림자
슬픈 표정으로 변명만 일삼는 이중인격
오늘 하루만이라도
수정같이 맑은 하늘을 통해
내 속된 마음을 여과시켜
순수한 마음으로
마지막 구원의 손길로 향하고저…

향수

내 고향 가는 길은 천리 길
꿈 가득 싣고 떠나온 고향 땅
못 본 지 어언 십여 년
나룻배 매어 두고 손님 기다리는 뱃사공
이마에 주름살 몇 개 더 늘었겠다

봄바람 살랑살랑 불어오니
강가에서 빨래하는 처자들
버들피리 부는 목동들 그리웁다
앞산을 붉게 물들이는 진달래 눈앞에 선한데
아~ 내 고향 가는 길은 멀고도 아득해

아무개 서울 가더니
꼴좋다 소리 듣기 싫어
생선장수 오늘도
목이 터져라 골목골목 외친다
생선 사~려어 생선 사~려어

가을
하늘처럼

펴낸날 2023년 4월 17일

지은이 안병현
펴낸이 주계수 | **편집책임** 이슬기 | **꾸민이** 이화선

펴낸곳 밥북 | **출판등록** 제 2014-000085 호
주소 서울시 마포구 양화로7길 47 상훈빌딩 2층
전화 02-6925-0370 | **팩스** 02-6925-0380
홈페이지 www.bobbook.co.kr | **이메일** bobbook@hanmail.net

© 안병현, 2023.
ISBN 979-11-5858-948-6 (03810)